98歳ポジティブ人生のコツ　「いつだって今が最高！」

98歳ポジティブ人生のコツ　「いつだって今が最高！」

目次

第1章

いくつになっても人生は今日がはじまり!

第2章　ポジティブな言葉で自分も他人も幸せに

第3章 出来ると思えば出来る、信じようと思えば信じられる

第4章　熱中する、夢中になる、何かが生まれる

第5章 何でも肯定的に、プラスに考えればいい

第6章

何だか、私、死なないような気がするんですよ

第7章 死ぬ瞬間まで幸福な明日を夢見て生きる

本書には、今日の人権意識に照らして不当・不適切と思われる表現が使われておりますが、執筆当時の時代背景と作品価値に鑑み、また著者が故人であるためそのままとしました。

第1章

いくつになっても人生は今日がはじまり！

生きるということは、行動すること

生きるということは、行動するということです。

毎日、体を動かしましょう

人間とは動く動物である。生きることは動くことである。生きている限り毎日、体を動かさねばならない。

頭だけで考えない

頭で考えるだけのことは、何もしないのと同じことである。私たちは頭で考えるのではなく、手で考えるのである。手を動かすことによって、考えるのである。

手を素早く動かすことが、そのまま、頭を素早く動かすことになる。どんなことをするのでも、先《ま》ず頭が、その、することを伝達する。その伝達が、間髪《かんはつ》を容《い》れないほど、素早いのは、手が、頭の伝達を、神さまのように素早く受け取るからである。

行動すると、何かが生まれます

逃げてはいけない、追いかけなさい、それが思いのままを可能にする魔法である。

人生とは面白いもので何か行動すると、またそのあとに、新しい行動が生まれるものです。何もしないでいると、何も生まれて来ないものです。

やり損なったと思ったら、また、あと戻りをして、初めからやり直しても面白いではありませんか。

難しいことは、愉しいこと

人にはおかしいと思われるかも知れないが、私は、これは難しいと思われることには、自分の方から進んで、その難しい事柄の中へ這入《はい》って行く。そういう方法を身につけていた。

これはアランから学んだことで、そうすることによって、その難しいことが、最もたやすく、愉しいことに変貌するからである。自分の方から進んで、である。

※アラン（Alain　一八六八―一九五一）〔本名　Émile-Auguste Chartier〕フランスの人生哲学者・モラリスト。『幸福論』『人間論』などの著書がある。

困難にあえて身を寄せる

困難は避けても、なくすことは出来ない。その困難に身を寄せることによって、
はじめて、困難は困難でなくなる。

逃げずに、ただ中へ進め

どんなに好ましくないことからでも、逃げるのは負けである。真に逃《のが》れるためには、そのただ中へ進んで行くこと。すると事情はまるで変わる。

どこまでもぶつかっていこう

人間のすることは、凡《すべ》て現実と想像である。私たちは朝から晩まで、この二つの現象の間を往復して、巧みに生活している。誰が、生活を巧みになし遂げるかは、この間の微妙な感覚の揺れ動く有様《ありさま》で決定する。

どこまでも体をぶっつけて、逃げないことである。

私は、愉しみ方を見つけて生きる名人

何でも、面白さを見つける。その中に入っていく。私はどこでも自分流の愉しみ方を見つけて生きる名人です。

夢中になって熱中すると……

物事は何事にもよらず、夢中になってそのことに熱中すると、必ず何かを生み出してくれます。

好き、という振りをするだけで

何事をするのにも、それをするのが好き、という振りをすることである。それは、単なるまねでもいい。すると、この世の中も、嫌いな人もなくなる。このことは、決して偽善ではない。自分自身を救う最上の方法である。

生活の天才とは？

人はいつでも、自分の身の上を、どんなにでも変えて考えることが出来る。ひょっとしたら私たちは、そういう力を、神様から貰《もら》っているのではあるまいかと思ったりするから、面白いではないか。

そうだ。自分の身の上を、どんなにでも変えてしまえると思う人が、それが、生活の天才というものではあるまいか。

自信があるのは、素晴らしいことです

自信がある、ということは素晴らしいことです。それが単に自惚《うぬぼ》れにしか過ぎないことであっても、自信らしいものを持つことはそれだけで好《よ》いことです。自信を持っているときはピカピカに顔が輝いています。自分で自分の心に「出来る」と言う暗示がかかっているからです。

一刻も早く、新しい道へ踏み出すこと

実際、人間て、そこが雨降りだと、世界中どこへ行っても雨降りみたいな気になり易《やす》いものですけど、実際にはそんなことはありません。別の場所では、確かに好《よ》いお天気で、きれいな花が一ぱいに咲いているところもあるのです。ちょっと気を変えて、一刻も早く、別の新しい道を一歩踏み出して見る。曲がり角を曲がって見る、「おや、こんなところに出たわ」と自分でも信じられないほど、明るい場所に出るものです。

明るいところには元気が宿っている

私たち人間は、何時《いつ》でも、ものの考え方の方向を、絶対に明るい方向に持っていきたいものです。明るいところには元気が、暗いところには病気が必ず宿っているのです。

忘れ去ることで救われてきた

私はいつの場合でも、自分に興味のあること、したいことを追い求めて忙しく生きてきた。余りに忙しかったので、過ぎたことをくよくよしている暇はなかった。思い出したくないことはつぎつぎ忘れ去ってしまった。

この、忘れ去るという特技が、自分自身を救う一種の精神的治療法になったような気がしている。

いくつになっても人生は今日がはじまり

忘れるということは新しく始めるということです。心を空っぽにするから新しい経験を入れることが出来るのです。

いくつになっても人生は今日がはじまりである。

忙しければ、くよくよする時間はない

人間らしい感覚を忘れ去るほどの忙しさ、このやりきれない忙しさが、私を救ってきたのだと思います。一身上のことでくよくよする時間がない、ということです。

私にも、考えようと思えばくよくよする種はあります。しかし、そんな悩みは忙しさのために、大風に吹きまくられた紙屑のように、眼にもとまらないのです。

新しい明日に向かって生きる

人間は過去に生きるのではない。新しい明日に向かって生きるのだ。私は、悲しみから心をはなし次の行動に向かって心を動かす。こうするのだと思った瞬間に、さっと体はその通りに動く。いや、動くのではない。もう踏み出しているのであった。

自然であることは美しい

人のすることで、自然であることほど美しいことはない。

感動して行動する、人生が愉しくなる

感動は行動に結びつき、人生を愉しくする。

愉しいことをしていると、体が丈夫になる

愉しいことをしていると、頬に血が上る。血の循《めぐ》りがよくなる。食欲も進む、消化もよくなる。体が丈夫になる所以《ゆえん》である。

夢中で生きることが、人生の目的だった

一歩踏み出せば凡《すべ》てが愉しい。

いつでも私は、そのときの生活に夢中になった。そしてどうしても、どんなことがあっても、生きていたいと思った。夢中で生きることが生きて行く目的であったからである。

第2章

ポジティブな言葉で自分も他人も幸せに

言葉が感情を引っ張ってくる

言葉は言葉をひき出す。前の言葉があとの言葉もひき出す。その自分の言葉でもっと興奮したり、腹を立てたり、もっと深くなったりする。

言葉が先に立って感情を支配する。

やさしくなったり、意地悪になったり

言葉だけで、一人の人間がやさしくなったり、意地悪になったりする。言葉の持つ魔力は計り知れないものがある。

ほめ言葉は魔法になる

「あなたはやさしいのね」、「あなたの表情は美しいわ」、「あなたの声はすてきね」、これらの言葉は魔法使いである。

「はい」と答えたい

私たちは人と応対しているときに、「はい」と答えたり、「いいえ」と答えたりする。私たちの気持ちの中には、なるべく、相手に対して、「いいえ」とは答えたくないような気持ちがある。出来ることなら「はい」と答えたい。

笑顔を見れば、腹は立ちません

言い争いになるときは、じっと辛抱して、ちょっと笑顔をして見せる。相手の笑顔を見て、腹を立てることは誰にも出来ない。

人に元気を与える方法

「あなたはとても偉い人です」と言われて、好《よ》い気持ちにならない人はありません。ああ、私は偉い人なのだな、とすべての人が好い気持ちになって、喜ぶからです。

この方法は、永年《なが》の間に私が獲得した、人をおだてる方法なのです。と言って悪ければ、人に元気を与える方法です。

気持ちの悪いことはしないだけ

悪口を言わない、ということは、そう難しいことではない。悪口を言うと、気持ちが悪い。私はただ、気持ちの悪いことはしないだけなのだ。いつも気持ちの悪いことはしない。気持ちの好《よ》いことだけをしている。こんな簡単なことは、ないではないか。

好《よ》い話は自分の言葉で繰り返しましょう

悪い話は、それが自分の体のことでも、決して口に出さない。これも私の積極的養生法《ようじょう》の一つである。

その替わり、好い話は会う人ごとに自慢する。自分の言葉で繰り返し、自分に暗示を与えるのである。

女のする親切は……

女のする親切は意地悪に似ている。一方の口を塞《ふさ》いでおき、人がどうしてもその口からは出られないようにしておいてから、それから、ゆっくりと親切を売る。まず人の喜びを奪っておいてから、その傷口に塗る薬を売る。女には真の意味で罪と罰の観念はない。

否定的に考えないこと

私はいつでも、ものごとを否定的に考えるのが好きではない。「気分は最高です」と言うとき、私は明るい気分になる。部屋の中にも明るい空気が流れる。言葉には魔力があるのである。

欠点は利用するものです

欠点は隠すものではない、利用するものだ。

不幸も幸福も、本人の望み次第

不幸だとか幸福だとかいう言葉くらい、本人の気の持ち方次第のものはない。自分が不幸が好きなときは不幸だし、幸福が好きなときは幸福だ。可笑《おか》しな言い方であるが、不幸になるのも幸福になるのも、本人の望み次第で、私の好き勝手になれるのだという気がしている。その人の不幸なのは、神さまが不公平であったり、他人が意地悪だったりするためではないようだ。

平常心とは、こだわりのない普通の心

人間はいつでも平常心をもって、と言うのが癖なのですが、平常心というのは、全く拘泥《こだわり》のない極《ご》く普通の心、ということです。

時間の約束を守る

時間の約束を守るのは人間としてのルールである。あらかじめ時間を決めても守らない人は、時間だけでなく、どんなことにもルーズな人であるような気がして、信用出来ない。

親しき仲にこそ礼儀あり

「親しき仲にも礼儀あり」という言葉があります。親しくない仲に礼儀があるのは当然のことで、親しい仲にも礼儀がある方が好《よ》いとの意ですが、実はもう一歩強めて「親しき仲にこそ礼儀あり」としたいものです。

相手の傷にさわらないこと

愛し合う二人の間にも礼儀というものが必要です。お互いに相手の傷にさわらない、傷のあるところは知らん顔をして除《よ》けて通る、ということです。

愛ほど強いものはありません

一人の人に出会い、その人に対する愛を考えることによって、人間は、人生という名の、広い広い野原の真ん中に出ることでしょう。そこで「愛ほど強いものはない」ことを、ぜひとも自覚してくださるよう、私は祈ってやみません。

一人の人を思い詰めてはいけない

一人の人を思い詰める、というのは、言葉で聞くと美しいように聞こえるが決してそうではない。思い詰めて死んでしまいたい、などと言うと、なおのこと美しいように聞こえるが、決してそうではない。ある意地悪な気持ち、当てつけでさえある。

上手なラヴレターの書き方

上手なラヴレターの書き方をお教えしましょうか。「私はあなたが好きです。」ラヴレターを書くとき、こういう書き出しで書き始める人は、文章の旨い人なのです。

言葉というものは、一番簡単な、一番分かり易《やす》い、一番使い馴れた飾り気のないものほど、好《よ》いものなのです。「私はあなたがどんなに好きか」ということを、飾り立てて書いてはなりません。ちょっと聞いただけでは分かりにくいような形容詞は、決して使ってはなりません。

なるべく、主語と動詞だけで分かるような、短いセンテンスで表現するラヴレターが最高なのです。

はじめは真似から始まる

どんなに独創的な発明も、はじめは真似から始まる。

善意は伝染する

人と人との間では、悪意も善意もそのまま伝染する。しかも、それが善意であるということを、うけとったとき、うけとった者も、相手に対して善意を感じる。

謙遜した言い廻しは大嫌い

人にご馳走するときに、あまりおいしくはありませんがとか、出来が悪いのですがなどと言う人がありますが、私はあの謙遜したような言い廻しは大嫌いです。

何でもおいしいから食べて貰《もら》いたいのですから、堂々と、とってもおいしいですから召し上がってみて下さい。よく出来ましたからどうぞ、と言うほうが好きなのです。

おいしいものは体にいい

どんなに体にいいものでも美味《おい》しくないものはいい食べものとは言えません。

しかし、私は、うまいものは体にいいと信じているのです。

うまいと思うときは「うまいなァ」と口に出して言ってみます。すると、いっそう美味しく感じられるのです。食べたものが身になる感じがします。

素直に希望に従えばいいのです

私たちはあえて希望を発見しよう、などとは思わないでも、うかうかと生活していても、もう、そこに、ちゃんと希望を発見しているものである。

私たちの上には、神さまか仏さまか、そういうものがいて、ちゃんと私たちに、希望を発見させていてくれるものである。何がほしいか、生まれながらに私たちが知っているのも、こういう理由からではないだろうか。

私たちは素直に、自分の希望に従えば好いとは、何と有り難いことであろうか。生活していて、希望を発見するくらい、愉しいことはないからである。

人生は、思っているよりもずっと愉しい

人生というところは、あなたの思っているよりも、十倍も愉しいところです。この愉しいところで、あなたはあなたの思っているよりも、十倍も百倍も愉しい思いをして生活してみれば、ちょうどそれが、ぴったりと当てはまるところなのです。

どうかあなたの人生観を、ちょうど今の反対に書き直して下さい。不愉快と言う字を、愉快と言う字に書き直してください。するとあなたは、気がつくことでしょう。人間というものは、その本然《ほんねん》の心から、愉快なこと、明るいことを好むものだということに、気がつくでしょう。

第3章

出来ると思えば出来る、信じようと思えば信じられる

小さくても、希望は希望

希望というものは、どんなに小さなものであっても、やはり希望である。

希望をつないで生きる

今日から明日へと希望をつなぎ、その希望に向かってつき進む。その突進が毎日の生活である。

運は自分で拓《ひら》くものです

よく世間には「自分には運がない」と言う人がありますが、私には、自分のことを運がないと言う人は、何だか、卑怯《ひきょう》なことを言っているように思われて、好きになれません。

あなたも自分のことを、運の好《よ》い人間だと思うようになってください。きっと自分の思った通りになりますから、運というものは自分で拓くものです。

出来ると確信すれば可能になる

確信することさえ出来れば、普通の人の眼にはどんなに不可能だと見えることでも可能でしょうか。

そうです。出来ると確信さえすれば、どんなに不可能と見えることでも可能なのです。人間の心というものが、そういう不思議な働きを持っているのです。

原因がなくなると、恐怖は消える

恐怖はその原因がなくなると、跡形もなく消えて了《しま》う。自然の恩恵というものかと思う。

公平に、さらりとしていたい

人間は誰でも、自分のことはそのまま、ありのままに考えることはしないものである。多少とも贔屓《ひいき》目に見るのが普通である。

自分のことでも、他人のことと同じように、少しの贔屓もせずに見るというのは、よく出来た人のことであると思うが、出来ることなら、自分のことでも他人のことと同じように公平に考えて、さらりとしていたいと思うが、どうであろうか。

欠点をすり替えて利用すればいい

私は欠点を私流の考え方にすり替えて利用するのが、普通の人より、ちょっと上手である。

自信のない人間は……

おかしなことですが、自信のない人間は、褒《ほ》められた事柄に対しても、また新しい不安を持つものです。

自分の作った観念に支配されていないか？

人間は自分の作った観念に支配されるのが好きだ。

こちらが信じた分だけ、信じてもらえる

人間と人間はこちらが信じた分だけ、相手もまた、こちらを信じるというのが私の持論である。

小さなことでも、自慢の種を持つ

人間はいつでも、何か自慢の種を持って生きている。自慢の種がありさえすれば、それがまた自慢の種になるのだから、面白いものである。

どんな小さなことでも、それを自慢の種にすることが上手なら、その人は生きて行くことが上手な人、と言えるかも知れない。

自慢は自分を救う

自慢は自分を救う最上の方法である。

自尊心をどこかへ隠しましょう

誰の心の中にも、自尊心というものは隠れている。この自尊心があるために人と人との関係が、何となく、ぎくしゃくすることがある。自尊心というものが隠れている間は、何事も起こらないのに、一たび、ちょっとでも頭をもたげて来ると、面倒なことが起こる。

そのことを知っている人は、そのとき、ちょっと自分の自尊心をよそへ持って行く。人の目につかないところへ、隠しておく。自尊心なんか持っていなかったような振りをする。それに巧《うま》く成功すると、人と人との間には、案外、何事も起こらない。

自尊心をちょっとどこかへ隠す、というのは、何という便利なことであろうか。

プライドもちょっと隠しましょう

プライドをちょっと隠すと、言葉はやさしく顔はおだやかになる。

愛より深いものはない

人間の考えることは、どんなときでも、愛より深いものはありません。愛のためには、どんなことでも、やすやすと出来るものです。

愛とは純粋な善意の現れです

愛とは人の心を喜ばせたいと乞い願う、純粋な善意の現れである。

自分自身を愛することは出来ても

人間というものは、誰でも、自分自身を愛することは出来ても、自分ではなく、相手だけを愛するということは、なかなか出来にくいものである。

愛のある場所を探して

人間は、愛のある場所を探して、生活しているように思われる。私たちを受け入れてくれる場所であるその愛のひそんでいる場所だけ探し出して、まるで、呼吸をするのはたったそこだけにしかないようにして生きている。

愛とは、人間の呼吸の出来る空気のあるところのことである。

本当の愛とは

恋愛は男と女と二人の人が一緒になって奏でる音楽です。ちっとも相手の気持ちを考えようとしないで、自分だけで夢中になっているのは、ほんとうの愛ではないのですね。若かった頃の私には、たったそれだけのことが分からなかったのでした。

恋人の臆病な気持ちをそっとしておきましょう。ムリヤリに相手の気持ちを自分の思う通りにネジ向けようとするのは止めましょう。恋人の臆病な気持ちを突然驚かすのは止めましょう。嫌いになった相手を、追いかけないのが恋愛の武士道です。

「つくす」のは、自分がしたいから

「つくす」という行為は、相手のためにしているように思われる。しかし、よく考えてみると、それは、自分がしたいから、していることなのである。人間はいつでも自分のしたいことをするものである。

気分を変えて、別の道を歩いてみる

男と女の間で、どちらか片っ方《ぽう》が、相手に対して愛がなくなったとき、無理矢理こっちへ捩《ね》じ向かせようとしても無駄です。

私は、こういうときには決して頑張らないことに決めています。その相手の気持ちはそのまま放っといて、ちょっと気分を変えて、別の道を歩いてみるのです。

望んでいるものを与えるのが、真の愛

真の愛とは、いますぐに遂げるものではなく、また、どんなときにでも、相手をうっとうしく思わせないのが、「恋愛の武士道である」というのが、私の好んで使う言葉なのですが、あなたはどうお思いになりますか。

真の愛情によって、相手の望んでいるものだけを与えることくらい、強いものはありません。

男に捨てられた女が思いたいこと

男に捨てられた女は、自分が捨てられるほどの女だったとは、決して認めない。
ほかにはっきりとした理由があって、それで捨てられたのだと思いたい。

女の嫉妬の正体

女の嫉妬は自尊心である。

家庭は生活の休養所

二人の生活の休養所であるはずの家庭が、絶えず良人《おっと》の非を鳴らす警察署になってはいけない。

信じたいと思っていれば、信じられる

どんなに嘘らしい話でも、信じたいと思っている間は、信じられる。

何事もこだわらないこと

絶対の幸福も不幸もありません。悩みや心配事から解放されるコツはこだわらないこと、これ一つです。

苦しみから立ち上がるように出来ている

私たちは苦しいとき、その苦悩が永遠に続くように思うものですが、人間の心の作用というものは、苦しみから立ち上がるように出来ているのです。人が生きて行くということの強さ、私たちはいつでも、来る日のために生きているのです。いま現在がどんなに苦しくても、ひょいと眼を上げて、愉しい明日の日を夢見ることが出来るのです。

心をかける

心をかけると　暮らしが愉しくなる。

第4章

熱中する、夢中になる、何かが生まれる

何かが生まれる

熱中する、夢中になる、何かが生まれる。

自分はどうしたいと思っているか

物事を決めるとき、何も彼《か》も一ぺんに決めてしまうことは、どんな人にでも出来ることではありません。私はこんなときに、先《ま》ず、自分はどうしたいと思っているかということを考えます。

一日を充実させるコツ

予定を立てて生活することが、一日を充実させることのコツである。

自分の持っている芽を育てる

誰にでも、その人の持っている芽、というものがある。その芽を太陽のよく当たるところへ出して、ときどき水をやり、肥やしもやっているか、或《ある》いは、そこら中へおっぽり出して、まるで構わないでいるかで、勝負は決まる。

ほんとうのことを知り、考える

ほんとうに仕事をしている人は、その仕事によって、ほんとうのことを知り、ほんとうのことを考える。

愉しんでする仕事は続く

愉しんでする仕事は続く、疲れることはない。

一つずつこなせば終わる

仕事は一遍に片づけようとするな。どんなに沢山あるように見えても、一つずつこなせば凡《すべ》てが終わる。

興味を持つからこそ、成し遂げられる

私たちの考えていることは凡《すべ》て、自分がいま、興味を持っていることである。どんな大事業も、どんな大発明も、どんな大小説も、興味を持っていたからこそ、なし遂げることが出来たのである。

創造は、小さな思いつきから

創造は、小さな思いつきから生まれる、どえらい立派なものから考えつくのではない。

毎日、机の前に坐っていれば

小説家である私は、毎日、だまって机の前に坐ります。

「小説は誰にでも書ける。それは毎日、ちょっとの時間でも、机の前に坐ることである」

これは私が自分で作った格言なのですが、昨日は坐ったが、今日は坐らない、というのではなく、毎日、坐っている中《うち》に、何か書ける、という教えなのです。

ぞろっぺいでもいい

仕事をするにも几帳面《きちょうめん》であることは悪いことではない。しかし、そうほめたことでもない。

長命と言われるようになった私が、もう一ぺん、ぞろっぺいなことばかりするというのも、一種、冒険ではないか、一種の若返りではあるまいか。

私の内証の努力

内証で白状すると、私の思い込みが外れる、ということには、絶対になりたくない。なっては自分の思い込み方に対して申し訳がない、と思っているので決して外れることのないように努力するのである。

私は一生の間、私のこの内証の努力によって幾度、危ないと思ったことを切り抜けたか。努力することが、内証であるとは、面白いことではないか。

仕事を追っかけると気持ちがいい

「忙しい」というのは追いかけられるということではない。朝から晩まで、何かに追っかけられているような気持ちで、暮らすことは禁物である。いつでも、こっちから追っかけるような気持ちでいることである。

それがどんな仕事であっても、仕事を追っかけていると、とても気持ちがよい。ストレスを感じるような暇がない、という状態になったら、しめたものである。

能力がどれくらいあるか、試してみる

人生において、自分の持っている能力がどれくらいあるものか、試してみることくらい、愉しいことがあるでしょうか。

仕事は私の命の源

仕事は私の命の源です。ささやかでも仕事を続けることは、世間とのつながりをもつということになる。人と人とのつながりのもたらす喜びは、老年の私の生命力を引き出してくれるのです。

自分の力だけで仕事をするのだ

能力は神さまが恩恵として下されるものではない。その絶体絶命の、掛け値なしの自分の力だけで仕事をするのだと思うことによって或《あ》る勇気が湧く。

私にとって、働くのは一番愉しいこと

人間、自分の一番好きなことをするくらい愉しいことはありません。私にとって働くのは一番愉しいことなのです。

男が仕事をするとき

男は仕事をするときに、はじめて人間性を取り戻します。

小さなことでも、飽きることなく続ける

どんなに小さなことでも、飽きることなく仕事として続けている間には、そのことが自分の体に定着して、ほんとうの仕事として働けるようになるものである。

一生懸命の人間を裏切ることはない

料理は一生懸命になって作っていると、必ず旨いものが出来る。仕事も同じである。一生懸命の人間を裏切ることはない。

一握りのしあわせがあれば生きていけます

人間というものは、最後のどん詰まりになっても、一握りのしあわせにでも、しがみついて、生きていられるものなのです。

そのしあわせとは何か。それは、自分に出来る仕事があるということである。

才能とは、努力を積み重ねること

才能とは能力を積み重ねることである。積み重ねた能力が花を咲かせる。

自然に、真っ直《す》ぐに！

自分の行く手を真っ直ぐに。これより自然な方法がまだあるだろうか。自然に、自然に、真っ直ぐに、開け！　眼を、である。

第5章

何でも肯定的に、プラスに考えればいい

笑顔が習慣になればしめたもの

人の顔つきも習慣である。笑顔が習慣になればしめたものである。

いつか思いがけない実を結ぶ

私はいつでも考えるのですけれど、若いときの、ある短い瞬間の経験だと思われることでも、ながい生涯の間に、しばしば同じことを繰り返し、そうして自分でも知らずにいる間に、思いがけない実を結んでいるようなことがあるものです。

生活の中から希望を発見する

私たちには何よりも、生活の中から、希望を発見することが肝要である。希望を発見することの上手な人は、生活の上手な人である。

希望というものは、その人が発見しようと思いさえすれば、発見出来るものである。それは、その人の生活態度の中に含まれているものだからである。

ものごとをすべて肯定する

人間の考えることとは、ものごとを否定することと肯定することとの、この二つしかありません。人に対してあの人はいい人だ、素敵な人だ、と思うことは肯定することです。

どんなときにでも、ものごとをすべて肯定して決める習慣くらい、人間にとって幸福なものはありません。

辛《つら》いことの中に飛び込む

私は辛いと思うことがあると、その辛いことの中に、体ごと飛び込んで行く。まず、飛び込んで行くと、その、辛い、と思う気持ちの中に、自分の体が馴れて来ることで、それほどには、辛いとは思わなくなる。これが私の、生活の術なのであった。

平気でいれば、平気になれる

やりきれない状態というものは、その当人がやりきれないと思う分量が多ければ多いほど、やりきれない形になる。平気でいれば或《あ》る程度、平気になれるものである。これくらい平気になれた、と自分で自分に自慢するのが、暮らし方のコツではないかと思う。

否定的でなく、肯定的に

私たちには自分の一番、気に入ったところから、世の中を見るような習慣があるものである。できれば、否定的でなく、肯定的に、マイナスではなく、プラスに見たいものである。

自分が変わると、相手が変わって見える

同じ人間が、時によって魅力に溢れて見え、また時によってそうではなくなるということがあるだろうか。相手が変わったのではなく、自分が変わったのである。

私が殻を脱いだ蝉のように、まるで変わったから相手がそう見えるのである。

相手の思っている通りの人間になる

世にも不思議なことですが、夫婦でも友だちでも、人間はその相手の思っている通りに、相手のふだん口にしている通りの人間になる傾向があるものです。

人は見聞きするもの以外は理解しないもの

人間は自分の見ようとするもの、自分の聞こうとするもののほかは、理解しないものである。

男と女の生活の理想とは？

女と男の生活は、朝晩、同じ家の中に寝起きして、それが習慣になって、空気みたいにちっとも意識の中に残らない。という形が理想なのではないでしょうか。

根本的な影響をうける

男と女が或《あ》る年月の間一緒に暮らしている間には、当人同士はまるで、自覚してはいないのに、根本的とも思われる影響をうけるものです。

習慣が変わることを恐れていないか

未練とは習慣を変えることへの恐れである。

人に愛せられなくなるということが、それほどに恐いのか。愛せられなくなっても構わぬと、なぜ覚悟を決めないのか。あれが、あの、迷い、あがくことが、あれが生きていることの根源だったかと思うと、不思議である。

いや、ひょっとしたら、愛せられなくなるのが恐いのではない、習慣が変わるのが恐いのかも知れない。

羨《うらや》ましがらない習慣

私には、人のことを羨ましがるという習慣がない。この習慣のおかげで私に貧乏をちっとも苦にさせないのでした。人の眼には、よくも歩いて来たと思われる私の一生を平気でてくてくと歩いて来た。

明るいことを考えましょう

何事についても、「私はおばあちゃんだから」とか、「私はこんなに肥《ふと》っちょだから」とか、自分で自分の欠点を広告して歩く人がありますが、私はそんな人のことを、損な人だなァ、と思います。

明るいことを考えましょう。いつでも、花飾りのついた帽子を冠《かぶ》っている気になりましょう。何を着ても自分に似合う、自分はきれいになれる、と、そう信じていたいものです。

人に笑われても構わない

皆さん。では皆さんは、洋服を着るとか着ないとか、そんな詰まらないことでは人に笑われないようにしたほうが好《よ》い。やっぱり自分に似合った格好をして人中へ出た方が好いとそうお思いになりますか。私もやはりそう思います。

しかし、またこうも思ってみるんです。着るもののことくらい、そんな詰まらないことでは人に笑われても構わない。一向に構わないから気にしないで、やっぱり好きなカッコウをして、愉しいと思ったほうが好いとも思うのですが、如何《いかが》ですか。

一ぺん人に笑われたら、あとは笑われた者の得だ。私はそんな風に思います。

おしゃれと元気の関係

お洒落《しゃれ》と元気とは相関関係にある。お洒落をすると元気がでる。元気がでるとお洒落に精がでる。

おしゃれは生き甲斐《がい》であり義務

おしゃれは生きて行く上での生き甲斐である。

おしゃれをする、或《あ》るいは気持ちよく身じまいをすることは生きて行く上の、生き甲斐でもある。ちょっと大袈裟《おおげさ》に言うと、人としての義務である。

おしゃれは自分のためにだけするのではなく、半分以上は、自分に接する人たちの眼に、気持ちよく映るように、と思ってするのだから。

おしゃれは手をかけ、心をかけること

おしゃれは金をかけるのではなく手をかけ、心をかけることです。

「粋《いき》」とは

「粋」とはとりつくろわないもののことである。化粧はしていても、決してしてはいないように、素顔であるように見えなければならぬ。

気に入ったものは何十年でも持ち続ける

私はとてもものを大切にしています。

そうですね。私は、それはそれは物を大事にする性分ですよ。特に気に入った品物や思い出のものは、何十年でも持ち続けています。そうですよ。何十年もです。気に入ったものは大切にしますが、だからといって、私には、骨董《こっとう》趣味もなく、高価なものだからといって、それだけでは興味が湧きません。

私の若さの秘密

私は普通の人よりも毎日の生活に、とても心を配っている。体のことにも心を配っている。もし、人が言うように私が若く見えるとすれば、その秘密は、このことだけにあるのではない。もっと、もっと他の所にある。

それは、今日から明日以後のことに希望をつなぎ、その希望に向かって突進して行く、という生き方の中にある。一つのことが済むと、また次の目的に向かう。この繰り返しはとめどなく忙しい。あえて言えば、この忙しさが私の若さの秘密なのである。

若く見えるのは、生活が忙しいから

もし、私が若く見えるのが本当だとすると、原因は簡単である。私の生活が忙しいということである。くよくよする時間がないということだ。

本当の健康法とは？

健康法というのは、体操をするとか、歩くとか、あれを食べるとか、これを食べないとかいうことではない。いつでも、何か追いかけて行く目的があって、張り切っている状態のことだと、この頃、そう思うのである。

私の健康の秘訣

私はいつでも健康である、と思うから、健康であるのかも知れない。あれが食べたい、と思うときには、何でも食べる。はじめて食べたときのように、ゆっくり味わって食べる。

旨いときには、これはなぜ旨いのか、知ろうと思って食べる。知ることは、何でも面白い。旨いから旨いのだ、などと思うのは不遜《ふそん》である。

平常心で生活していれば、長生きできる

人間は自然な気持ちで、つまり平常心をもって生活していさえすれば、ほんとうに長生きすることが出来るものであると、私はそう信じているのである。

同じ習慣を積み重ねる

習慣は同じ習慣を積み重ねて行くほど楽である。それは健康法においても同じである。同じ習慣を積み重ねて行くことは、ひょっとしたら成功の最短距離であるかも知れません。

よいと思われることは好きになること

自分にとってよいと思われることは好きになることです。楽しんでやることです。それが習慣化したとき、身についたものになるのです。もう怖いものはありません。

ものごとを明るく陽気に考える

人の一生には、ほんのちょっとしたものの考え方によって、とんでもないことが起こったり、それが防げたりするものです。人間の生死に関することでも、かたよった考え方をしないように、普段から明るく生きていく習慣を持っていたいものだと、私は思っています。

そうです。それは、ちっとも難しいことではありません。何でも、ものごとを明るく陽気に考えるようにすることなのです。

第6章

何だか、私、死なないような気がするんですよ

人生は「今、この時」がすべて

人生はいつでも「今、この時」がすべてである。いつでも、どこでも、愉しんで生きて行きたいものである。

悲しみに負けない

悲しみに負けてはいけません。生きている間は、充実した毎日を送ることが、人間としての義務なのです。

一瞬、一瞬が生きること

毎日の、この一瞬、一瞬が生きることなのである。私は、この一瞬、一瞬、意識を明瞭にして生きなければならない。

自分を不幸に思うことは嫌い

私は、勿論《もちろん》不幸は好きではない。しかし、正確に言うと、自分を不幸だと思うことの方が、もっと好きではない。

私が一番嫌いなのは、そう大して不幸でもないのに、自分をよっぽど不幸だと思わないと安心出来ないような人である。

見栄をはろう

見栄をはることも生命力のもと。

苦悩に含まれるもの

さまざまな苦悩の中には、凡《すべ》て、人の好んで這入《はい》った道程《みちのり》を示すものが含まれる。人自身、または世間の人の思っているほど、その苦悩は同情すべきものではない、とも言えるし、またそのためにいっそう、同情すべきものとも言える。誰にだまされてここまで来たのか、と思うのは迷妄《めいもう》である。

愛のあるところに人は集まる

愛のあるところには人が集まる。愛のあるところに集まっていると、ほんとうに気持ちが好《よ》いからである。何にも心配しないでいても、自分は大ぜいの人から守られているような気持ちがするから不思議である。

人間は一人では生きて行けない

人間は決して、一人では生きて行けないものである。人間は、何ごとでも、人の力を借りなければ、一日も暮らせないものだと、つくづく思う。

その人をまるごと受け入れる

人もまた自然の風物の中の一つではないのか。風が吹くとき、誰が風をとめたか。ありのままの人をそのまま愛することが出来るように、その人をまるごと受け入れることが真の愛である。

毎日、待っていることがある

私には、毎日待っていることがある。待っていることがあるというのは、生きていることに希望がある、ということで、どんな人間にとっても嬉しいことである。

神さまの恩沢《おんたく》

たくさんのことが隠されたままで、人の眼にふれないのは、神さまの恩沢である。それでなくて、どうして私たちのような弱い人間が生きて行かれるか。私はそう思うのである。

私には年齢という意識がない

私には年齢という意識がなかった。若いとか、年をとっているとかいう意識がなかった。鏡の中に見る現在が現在であった。その現在に見合う行動、というものさえ、私にはなかった。私のいまいるところが、現在であった。

老後の存在する隙間はない

考えてもみるが好《よ》い。毎日の生活が真剣で「ふやけて」いなかったら、老後の心配なぞ、ない筈《はず》である。

充実した生活の消滅した瞬間が死というものであるとしたら、私たちの生活には、老後というものの存在する隙間はない、と私が言ったとしたら、吃驚仰《びっくりぎょう》天《てん》するだろうか。

老いに慣れることが愉しく生きるコツ

老いを自然に受け容《い》れ、慣れることが愉しく生きるコツである。

おしゃれの本番は中年以降から

お洒落《しゃれ》は中年過ぎ、老年になってからが本番である。

死んでから考えればよい

年になったのだからもう死ぬなどとは考えたこともありません。死んだ後のことは、死んでから考えればよいと思っています。

よく生きることは、よく死ぬこと

よく生きることは、よく死ぬことでもある。一生懸命に生きたものは、納得して死を受け容《い》れることが出来る、という意味です。

死とは、その瞬間まで生きていること

死とは、その瞬間が来るまで生きていることである。

死ぬことなど予想しない

最後の瞬間まで、生きる気力を失くさなかったという証拠を見る方が、私は好きである。

死ぬ覚悟が出来ていた、とほめるのは日本人の癖であるが、そんなものは死ぬ瞬間でも間に合う。死ぬことなど予想しないことが、健康の要諦《ようてい》ではないのか。

死ぬ瞬間まで現役でありたい

あくせくと働くことは生きることそのものである。死の瞬間まで私は現役でありたい。

心が体を守る

体が体を守るのではない。心が体を守るのです。病気とは心の病むことです。

心が体を動かす

人間の体は心に支配され、心が体を動かしている。心に思うことが体に現れるのである。

精いっぱいに今日を生きる

死んだらおとまり（おしまい）、精いっぱいに今日を生きる。

百歳に近くなっても

私は百歳に近くなった現在でも、自分には、まだまだ女らしさも残っているように思っている。

今日から明日、明日からあさって

人の生きて行くことの強さよ。私たちはいつまでも、来る日のために生きているのである。

人間というものは、次々に死んで行く。私もやがて死んで行くに違いないが、おかしいことに、私は自分がやがて死んで行く、と思ったことが一度もない。いつまでも生きているもののように思って、今日から明日、明日からあさってと暮らしている。

私の念願する死

　その死は、秋になって、木の葉が枝から落ちるように、或《あ》る日、ことりと、何の前触れもなく、自然に来た。悲しみではない。或る感動を与える死であった。それが、私の念願する死である。

何だか、私、死なないような気がするんですよ

この頃、思うんですけどね、何だか、私、死なないような気がするんですよ。
はははは、は。

第7章

死ぬ瞬間まで幸福な明日を夢見て生きる

幸福は幸福を呼ぶ

人間は、心の存在が、凡《すべ》てである。心が、体を動かす。心が幸福を生む。幸福は幸福を呼ぶ。

幸福は自分の心の中に

幸福は、遠くにあるものでも、人が運んでくるものでもない、自分の心の中にある。

朝御飯がおいしければ……

朝御飯がおいしければ一日が幸福です。

自然の恵みをおいしく食べる

自然であることは体によいこと。自然の恵みをおいしく料理し、おいしいと思って食べることが私は好きなのです。

私の生き甲斐《がい》

私の現在を支えているものは日々の小さな幸福感である。幸福というものは、とび切り上等の大きなものだけではない。毎日のささやかな幸福感が私の生き甲斐なのである。

幸せは自分で作って、自分で探す

もし、一かけらでも仕合《しあわ》せになりたかったら、今日は日が照って気持ちが好《よ》いなあ、とか、今日あの人がハガキをくれて、うれしいなあ、とか、仕合せを自分で作って、自分で探すのである。

一握りの幸せを求めて

一握りの幸せを求めて生きるのが人間である。

ちょうど人間らしいところ

一体、人間のすることが、どこからどこまで、理想的に行っている、というようなことが、あり得るものであろうか。抜けたところがあるのに、気がつかない。或《あ》いは抜けたところがあっても、そうは気にならない。というくらいのところで、ちょうど人間らしい、と思うがどうであろうか。

陽気は美徳、陰気は罪悪

生きて行くことが上手な人は、何よりも快活な人である。生きて行くことが上手な人で、それで陰気な人、というのを私は見たことがない。

陽気は美徳、陰気は罪悪というのが、私の作った格言であるが、美徳も罪悪も、そのままの姿では生きては行けない。すぐそこで、となりの人に感染《うつ》るものである。

どんなに大きな美徳もどんなに小さな美徳も、すぐそばの人に感染る大きな力を持っている。陰気はどんなに小さな陰気であっても、すべての人に感染るものであるから、夢にも、陰気の気持ちをもってはならない。陽気な人が好かれるのは言うまでもない。

幸せはあなたの身近にあるのです

あなたの倖《しあわ》せは、ほんのすぐ、あなたの身近にあるのです。人間の欲望を遂げたい気持ちは、限りもないものだと思いますが、あなたはその欲望を、どのくらいの高さまで、遂げたいと思っているのですか。

あなたは、あなたの思っているよりも、ほんの一桁、ほんのちょっと格下げをしただけで、あなたは倖せになれるのだとは思いませんか。

小さな幸運で、不幸を乗り切る

小さな幸運が来ると、人はつつましやかになる。それがどんなに遅まきな、そして哀れな心情であったとしても、私たちはこの不幸な状態を、少しずつ乗り切ることが出来るのではないかと思い始めるのです。

いつでも、幸福な明日を夢に見て

私はいつでも、現実の苦難を見詰めた、その同じ眼で、この苦難を超えた向こうの山は、どんなにか愉しいか、その愉しさを思い描くことが出来たのです。気楽な人、と笑われても、つねに、いつでも、幸福な明日の日を夢に見て、暮らして来ました。

幸福に向かって歩こう

不幸になるのも幸福になるのも、本人の望み次第である。失恋した女が不幸であるということは少しもない。さあ、目を上げて幸福に向かって歩いてください。

幸福は自分次第です

幸福というものは、決して、現在の自分の環境が変わったとか、あるいは富の程度が変わったからということで感じるものではない。

なぜかというと、幸福というものは客観断定にあらずして、主観の断定にあるからです。はたからどんなに幸福そうに見えてもそれは幸福とは言えないんですよ。本人がしみじみ、ああ、私は仕合《しあわ》せだと思えないかぎりは、ほんとうの幸福を味わうことは出来ない。

幸福のかけらはいくつでもある

人間というものは考え方で自分の境地さえ変えられるというのが私の説なのです。人が聞いたら、吹き出して笑ってしまうようなことでも、その中に、一かけらの幸福を見つけ出し、自分の体のぐるりに張りめぐらして、生きて行きたい。

幸福のかけらは、幾つでもある。ただ、それを見つけ出すことが上手な人と、下手な人とがある。

幸福とは、人が生きて行く力のもとになることだ、と私は思っているのである。

信じた分量だけ、相手も私を信じる

私は割合に人を信じる。ちょうどこちらが信じた分量だけ、相手も私を信じる、と信じている。

これは若いときに人を好きになったとき、ちょうど自分が好きになった分量だけ、相手も自分を好きになる、と信じたとき、百発百中、はずれることのなかったのとおなじことである。人間同士の張っているアンテナにも、正確に電流が通じる。

幸福は人々の心にも反射する

人間同士のつき合いは、心の伝染、心の反射が全部である。何を好んで、不幸な気持ちの伝染、不幸な気持ちの反射を願うものがあるか。幸福は自分の心にも反射するが、また、多くの人々の心にも反射する。

真の人間の生きて行く道標

自分の幸福も人の幸福も、同じように念願することの出来る境地まで、探し当てて歩いていく道筋こそ、真の人間の生きて行く道標ではないだろうか。

真の愛とは

真の愛とはその人の望むことをすることである。

身の回りを幸福という感覚でいっぱいに

幸福を受け入れるのには、どんなに大きな笊《ざる》を持っていても構わない。笊は日ましに大きくなる。身の廻りは、幸福という感覚で一ぱいになる。或《ある》いは幸福に充ちていて、他のものの入る隙間がないくらいになる。

心も体もこの状態に馴れると、その次には、それが自分だけの幸福か、人の幸福か、はっきりとは分からなくなる。いつでも、この幸福は、日常茶飯事のことかと思うようになる。

自分のだけではなく、人の幸福も一緒くたになって感じられるようになるとは、何という素晴らしいことであろう。

どんな人生でも喜びと感謝で生きる

人間には、辛《つら》がったり苦しがったりするほうの自分と、喜びと感謝で生きられるほうの自分とがあります。心の中の、もう一人の自分を探し出して、たったいまから、どんな人生に生きようとも、矢でも鉄砲でも来い、私の心は汚されないぞ、私の心の中は、永久に、喜びと感謝で一ぱいなのだ、という気持ちで生きてゆかれれば、その結果、どうなるか。

事実がきっと、あなた方に大きな幸福という訪れによって、お応《こた》えすると思います。

これが私の生きて行く甲斐《かい》

私は、いつでも幸福な明日を夢見て暮らす。
これが私の生きて行く甲斐である。

私は前にしか興味はない

私は過ぎ去ったことには興味を失ってしまうのです。私は前にしか興味がありません。私には、何か思いついて、新しいことをし始めると、急に生々《いきいき》と熱中して、もうそのことだけしか考えられないほど夢中になってしまう癖があるのでした。それは気が変わり易《やす》いとか気紛《きまぐ》れとかいう言葉では言い表すことの出来ない、もっと運命的なものでした。

私の生涯の中の不幸も幸福も、今になって考えると、この熱中癖から生まれたものが大部分なのではないかと思います。

熱中しているうちに過去は消えます。

人生はいつだって、今が最高

人生はいつだって、今が最高のときなのです。

〔年　譜〕

0歳　明治30（一八九七）年
十一月二十八日、山口県玖珂郡横山村（現岩国市川西町）に宇野俊次、トモの長女として生まれる。

2歳　明治32（一八九九）年
肺結核のためトモ死去、翌年五月、父俊次は佐伯リュウと再婚。

13歳　明治43（一九一〇）年
三月、岩国尋常小学校を卒業し、岩国高等女学校に入学。

14歳　明治44（一九一一）年
伯母から実母トモの存在を知らされる。父の命により従兄弟の藤村亮一のもとに嫁入りするが十日で戻る。

16歳　大正2（一九一三）年
父俊次が病没。文学に興味を持ち始め、変名で、「女子文壇」などの雑誌に投稿。文学サークルを始める。

17歳　大正3（一九一四）年
女学校を卒業、川下村小学校の代用教員となる。

18歳　大正4（一九一五）年
同人誌「海鳥」を発行するが三号で廃刊。同僚との恋愛を理由に教職を追われ、韓国ソウル、当時の京城に渡る。

19歳　大正5（一九一六）年
京城から帰国。従兄弟の藤村忠（亮一の弟）を頼って京都へ。同棲生活を始める。

20歳
大正6（一九一七）年
東京帝国大学に入学した忠とともに上京。本郷湯島天神裏、ついで小石川駕籠町の髪結いの二階に下宿。雑誌社の事務、家庭教師などの職を転々とする。数日間勤めたレストラン燕楽軒で多くの作家の知遇を得る。

22歳
大正8（一九一九）年
藤村忠と結婚。翌年、忠が北海道拓殖銀行に就職したのを機に札幌へ移住。

24歳
大正10（一九二一）年
「時事新報」の懸賞短篇小説に応募した処女作「脂粉の顔」が一等に当選し、賞金二〇〇円を得る。二等は尾崎士郎、選外佳作は横光利一。ついで「墓を発く」を執筆し、中央公論社の滝田樗陰に送る。

25歳
大正11（一九二二）年
先の原稿の採否を案じて札幌より上京。同年五月の「中央公論」に発表された「墓を発く」の原稿料三六六円を受け取り、岩国へ帰郷。再び上京し、尾崎士郎と出会う。尾崎が止宿していた菊富士ホテルに移住。

26歳
大正12（一九二三）年
荏原郡馬込町に土地を購入し、家を建てる。短篇集『脂粉の顔』を改造社から処女出版。

27歳
大正13（一九二四）年

藤村忠との協議離婚が成立、尾崎士郎と結婚。「中央公論」に「或る女の生活」を発表するなど、作家としての地位を固める。作品集『幸福』を金星堂から刊行。

29歳

昭和元（一九二六）年

三月から半年間、尾崎とともに山口県新港に滞在。馬込で広津和郎に麻雀を教わる。

30歳

昭和2（一九二七）年

川端康成に誘われ伊豆湯ヶ島に初逗留。梶井基次郎、三好達治、藤沢恒夫らと知り合う。

32歳

昭和4（一九二九）年

流行に敏感な千代に続いて萩原朔太郎夫人、川端康成夫人も断髪にし周囲の目をひく。名作短篇集『新選宇野千代集』を改造社から刊行。

33歳

昭和5（一九三〇）年

情死未遂事件を起こし評判となった東郷青児と取材を通して会い、同棲を始める。世田谷町山崎に転居。『罌粟はなぜ紅い』を中央公論社から刊行。

34歳

昭和6（一九三一）年

世田谷の淡島にアトリエつきの家を新築。東郷青児の装幀、挿画による豪華限定本『大人の絵本』を白水社から刊行。

35歳

昭和7（一九三二）年

親友の三宅やす子、梶井基次郎が相次

いで死亡。

37歳 昭和9（一九三四）年
四谷大番町の借家を仕事場とする。東郷が情死未遂事件を起こした女性とよりを戻し完全別居。同年東郷はその女性と結婚。「文学的自叙伝」を「新潮」に発表。

38歳 昭和10（一九三五）年
東郷青児の話を聞き書きした『色ざんげ』を中央公論社から刊行。千代の代表作の一つとなる。

39歳 昭和11（一九三六）年
スタイル社を設立し、雑誌「スタイル」を発行。日本初のファッション専門誌として人気を博す。『別れも愉し』を第一書房から刊行。

40歳 昭和12（一九三七）年
「スタイル」の編集に参画し誌面を一新した北原武夫と急接近。渋谷区千駄ケ谷に転居する。

41歳 昭和13（一九三八）年
スタイル社から、三好達治編集による文芸誌「文體」を創刊。北原は小説『妻』を発表し注目を浴びる。

42歳 昭和14（一九三九）年
四月一日に北原と結婚。帝国ホテルで披露宴を行い、小石川に新居を構える。

44歳 昭和16（一九四一）年
北原とともに「満州」・中国へ旅行。弟光雄が病死。文體社を設立し「文體」

を再刊。北原が赤坂一連隊に入隊。太平洋戦争勃発。

46歳 昭和18（一九四三）年
北原がジャワ島から帰還。『人形師天狗屋久吉』『日露の戦聞書』を続けて文體社から刊行。

47歳 昭和19（一九四四）年
スタイル社を解散し、熱海へ疎開。

48歳 昭和20（一九四五）年
熱海から、さらに栃木県壬生町に疎開。終戦。

49歳 昭和21（一九四六）年
北原を社長、千代を副社長としてスタイル社を再興。「スタイル」を復刊、記録的な売上を見せた。翌年に「文體」を復刊。「おはん」を連載する。銀座みゆき通りの社屋に移住。

52歳 昭和24（一九四九）年
「宇野千代きもの研究所」を設立。

53歳 昭和25（一九五〇）年
中央区木挽町に家を新築。スタイル社の一階に「スタイルの店」を開店。「中央公論」で「おはん」を分載。

54歳 昭和26（一九五一）年
宮田文子とともにヨーロッパへ旅行。「毎日新聞」に「巴里通信」を寄稿。林芙美子、継母リュウ死亡。

55歳 昭和27（一九五二）年
スタイル社の脱税が明るみに。苦境に陥る。

58歳　昭和30（一九五五）年
青山南町に転居する。

60歳　昭和32（一九五七）年
シアトルの博覧会にきものを出品するため、アメリカに四十日間滞在。中央公論社から『おはん』を刊行。第五回野間文芸賞を受賞。

61歳　昭和33（一九五八）年
第九回女流文学賞を受賞。

62歳　昭和34（一九五九）年
スタイル社倒産。

63歳　昭和35（一九六〇）年
『女の日記』を講談社から刊行。

64歳　昭和36（一九六一）年
ドナルド・キーン訳『おはん』が英米で刊行される。

67歳　昭和39（一九六四）年
尾崎士郎病没。「天風会」に入会。北原武夫と離婚。

69歳　昭和41（一九六六）年
継母リュウの母佐伯ミヱ、一〇一歳で永眠。『刺す』を新潮社から刊行。

70歳　昭和42（一九六七）年
親友宮田文子が急逝。那須に土地を購入する。きものの仕事をまとめ「株式会社宇野千代」を設立。「この白粉入れ」を「新潮」に発表。翌年、広津和郎没。

73歳　昭和45（一九七〇）年
岐阜県根尾村に「薄墨の桜」を見にいく。

75歳
昭和47（一九七二）年
第二十八回芸術院賞を受賞。『或る一人の女の話』『幸福』を文藝春秋から、『私の文学的回想記』を中央公論社から刊行。

76歳
昭和48（一九七三）年
心不全のため入院していた北原武夫が病没。

77歳
昭和49（一九七四）年
郷里岩国の生家の復元が完成。勲三等瑞宝章をうける。小説「八重山の雪」の取材のため松江へ旅行。

78歳
昭和50（一九七五）年
『薄墨の桜』を新潮社から、『八重山の雪』を文藝春秋から刊行。「文学界」にて中里恒子との「往復書簡」を連載。

80歳
昭和52（一九七七）年
南青山から一時的に北青山に転居。中央公論社から『宇野千代全集』の刊行始まる。

81歳
昭和53（一九七八）年
東郷青児急逝。南青山の自宅が完成。翌年青山二郎没。

83歳
昭和55（一九八〇）年
『青山二郎の話』を中央公論社から刊行。

85歳
昭和57（一九八二）年
第三十回菊池寛賞を受賞。

86歳
昭和58（一九八三）年
『生きて行く私』を毎日新聞社から刊

行、ベストセラーとなる。

93歳 平成2（一九九〇）年

岩国市名誉市民となる。文化功労者として顕彰される。

95歳 平成4（一九九二）年

日本橋高島屋で「宇野千代展」開催。

98歳 平成8（一九九六）年

山梨県立文学館で「宇野千代の世界展」開催。六月十日逝去。

生誕100年 平成10（一九九八）年

三越美術館（東京・新宿）にて「生誕百年　宇野千代の世界展」を開催。以後、全国主要都市にて巡回開催。

本書は、二〇一三年十一月に海竜社より刊行された『宇野千代の箴言集　人生はいつだって今が最高！』を、再編集した新装改訂版です。

編集協力　藤江淳子
装　　幀　長坂勇司
イラスト　川口澄子
企画協力　古川絵里子
写真提供　株式会社宇野千代

宇野千代（うの ちよ）

1897年山口県生まれ。1914年岩国高等女学校卒業。21年処女作「脂粉の顔」で懸賞短篇小説一等入選。作家活動に入る。35年名作「色ざんげ」を発表。36年スタイル社設立。ファッション専門誌「スタイル」刊行。57年代表作「おはん」で野間文芸賞受賞。58年女流文学賞受賞。72年芸術院賞受賞。83年「生きて行く私」を発表、ベストセラーとなる。90年岩国市名誉市民となる。文化功労者として顕彰される。96年没。勲二等受勲。享年98歳。

98歳ポジティブ人生のコツ「いつだって今が最高！」

2023年3月25日　第1版第1刷発行

著　者　宇野千代

発行所　ＷＡＶＥ出版

〒102-0074 東京都千代田区九段南3-9-12
TEL 03-3261-3713　FAX 03-3261-3823
振替 00100-7-366376
E-mail：info@wave-publishers.co.jp
https://www.wave-publishers.co.jp

印刷・製本　シナノパブリッシングプレス

NDC914　215p　18cm　ISBN978-4-86621-453-5